Nancy Montour

mika

Un amour de poney

Illustrations
Marion Arbona

Dominique et compagnie

Pour Kathleen
qui rêvait, elle
aussi, d'une
belle écurie !

Les personnages

Lanie

C'est moi, Lanie !
Je rêve d'avoir un
animal. En fait, je veux
un cheval ! Et je ferai
tout pour l'obtenir.

Maman

Elle prépare les meilleures
crêpes aux pommes du
monde. Et elle aime bien
m'apprendre des choses,
comme faire des tresses
avec des rubans.

Papa

C'est le plus gentil des
papas ! Il adore me faire
des surprises et il est très
bricoleur. Mais parfois,
c'est difficile de le faire
changer d'idée.

Mika

Ma petite ponette d'amour,
je pense si souvent à toi.
Je m'imagine sur ton dos,
galopant dans les champs.
Et dans mes rêves les
plus fous, tu me parles.

Madame Laura

Notre gentille voisine
habite à l'autre bout
de notre rang. Et elle
vient de s'acheter une
nouvelle jument.

Chapitre 1

De drôles de cadeaux

Je ne comprends plus rien.

L'autre jour, j'ai vu un costume d'oiseau au magasin. Il était vraiment magnifique, avec d'immenses plumes jaunes.

J'ai dit à mon père :

—Ce serait bien d'avoir un joyeux serin à la maison.

Papa m'a souri et s'est exclamé :

—Tu as bien raison, Lanie !

J'étais surprise, surtout lorsqu'il a décidé de m'acheter ce costume.

Maintenant, chaque fois

qu'il rentre de son travail,

il demande :

  —Où est donc caché

mon joyeux petit serin?

  Je suis obligée

de me déguiser

presque tous

les soirs !

Mon père

n'a pas

compris que

je voulais

avoir un VRAI
oiseau qui
chante
bonjour
tous les matins.

Ensuite, lorsqu'il a fait
installer une grande piscine
dans notre cour, je lui ai dit:
   —Ce serait bien d'avoir
un gentil dauphin pour
m'apprendre à nager.

Papa m'a souri et s'est
exclamé :

—Tu as bien raison, Lanie !

J'étais surprise qu'il
accepte aussi facilement.
Mais voilà qu'il vient de

m'offrir un gros dauphin

qui flotte sur l'eau.

Il n'a pas compris

que je voulais avoir

un VRAI dauphin qui

m'éclabousserait juste

pour me faire rire.

Je veux un VRAI dauphin !

Chapitre 2

Mon vœu

Depuis que nous habitons à la campagne, j'ai découvert que nos voisins ont tous des animaux. Madame Simone a sept canards et quatre poules. Monsieur Gustave

a vingt-six vaches et onze
chats. Monsieur Thomas a
soixante-sept moutons et
deux chiens. Et nous? Rien
du tout. J'ai demandé à
mon père:
  —Mon petit papa d'amour,
tu sais ce qui me ferait
vraiment plaisir?
  —Non, mon poussin.
  —Un vrai cheval.
  Papa m'a regardée

comme si j'étais une
extraterrestre. Il n'a pas
souri. Il a simplement dit:
  —Non.

C'était un *non* dur et froid
comme de la glace. J'ai
suivi mon père PARTOUT
pendant TOUTE la journée.
Je lui ai répété qu'il était
le plus gentil des papas.
Je lui ai même promis

de ne plus JAMAIS rien

lui demander s'il exauçait

mon vœu.

C'était une VRAIE

promesse. Mais il n'a pas

changé d'idée.

Pourquoi avons-nous déménagé à la campagne, alors ?

Chapitre 3

La surprise de papa

Ça fait maintenant longtemps que j'habite à la campagne. Je n'ai pas compté les jours, mais je sais que ça fait des semaines et des semaines.

Tous les matins, je demande à mon père :

— Est-ce que c'est aujourd'hui que nous achèterons mon cheval ?

Tous les matins, papa me répond :

— Non.

On dirait qu'il n'aime pas du tout cette question et j'ai deviné pourquoi.

Mon père me prépare

une surprise! Je l'ai vu

discuter avec madame

Laura qui habite à l'autre

bout de notre rang. Elle

vient d'acheter une belle
jument et papa a sûrement
un tas de questions à lui
poser. Il veut sans doute
savoir s'il faut commencer
par installer des clôtures
ou par construire
une écurie...

Mon père a décidé de
commencer par l'écurie.
Il s'est procuré tout ce qu'il
faut. Moi, je fais semblant

que je ne sais rien. Je lui
apporte de l'eau citronnée,
des cornets de crème
glacée... Souvent, pour
l'aider, je tiens la boîte à
clous. Je ramasse aussi les

bouts de bois qui traînent
ici et là. Parfois, il me prête
le marteau lorsque son
bras est fatigué.

Je travaille fort parce
que j'ai hâte que mon
écurie soit finie! Elle sera
juste assez grande pour
mon cheval.

Il y aura une grande
fenêtre pour voir les étoiles
et une large porte pour

entrer et sortir facilement.

Chaque nuit, je rêve d'un
beau cheval blanc et gris.
Il a de grands yeux doux
et une longue crinière que
je m'amuse à tresser.

Je m'imagine sur son dos, galopant dans les champs. Dans mes rêves, il me parle, mais je sais que ce n'est pas comme ça dans la vraie vie.

En attendant que papa m'annonce qu'il a une belle surprise pour moi, je m'entraîne à faire des tresses. Ma mère m'a montré comment faire.

Elle m'a donné trois longs rubans. Je les attache autour de la poignée de porte pour m'exercer. Mon cheval sera le plus beau !

Maman m'observe
souvent en souriant.
Elle me trouve drôle et
mignonne. Mais depuis
quelque temps, j'ai
remarqué qu'elle a un petit

air tristounet dans les yeux.

Parfois, j'ai comme
l'impression qu'elle veut
me dire quelque chose,
mais qu'elle a perdu
ses mots.

Chapitre 4

Des dessins de chevaux

Je sais maintenant ce que maman voulait me dire. Un camion est garé devant ma maison. Un camion de livraison. Mon père a acheté un gros tracteur pour tondre le gazon.

Je n'ai pas crié. Je n'ai pas pleuré. Je suis montée dans ma chambre et j'ai refermé la porte derrière moi.

Si j'avais su, je n'aurais pas aidé mon père à construire une stupide remise de jardin pour un stupide tracteur.

Pour me consoler, j'ai dessiné mon cheval sur

une feuille de papier. Cela
m'a donné une idée. Pour
que mon père n'oublie
pas que je veux toujours
un cheval, j'ai décidé

d'afficher des dessins PARTOUT. J'en ai collé trois sur le réfrigérateur et même un DANS le réfrigérateur! J'en ai mis sur les miroirs, en haut du téléviseur, dans tous les chaudrons, dans sa boîte à lunch, dans son camion, et surtout, à l'intérieur de sa taie d'oreiller! Comme ça, le soir, un bruit étrange

empêche mon père de
s'endormir. Je l'entends
souvent marmonner :

  – Encore un autre dessin
de cheval !

Je me dis que ses rêves seront bientôt remplis de chevaux.

Papa comprendra enfin que c'est très important pour moi.

Chapitre 5

Une ponette en vacances

Tous les soirs, sous ma couette, je murmure une petite prière :

– Où es-tu mon gentil cheval ? Je t'attends.

Si tu savais comme
je m'ennuie…

Parfois, j'ai l'impression
de sentir son odeur
lorsqu'il me répond :

—Le voyage est long,
mais je serai bientôt près
de ta maison.

J'ai décidé de lui faire
confiance et j'ai eu raison.
Ce matin, un hennissement
me réveille.

Je bondis de mon lit.
Je tire mes rideaux. Qui

broute paisiblement
derrière la piscine?

Un cheval!

Je m'élance dans
l'escalier, en chemise de
nuit et pieds nus. J'ouvre
à la volée la porte de
ma maison et j'avance,
comme dans mes rêves,
vers mon ami.

Il est blanc et gris,
comme je l'avais imaginé,
mais plus petit. C'est
un poney… ou plutôt
une ponette! La rosée a
semé des perles brillantes

partout sur le gazon.

J'entends le gazouillis

des oiseaux. J'ai les pieds

mouillés et tout froids,

mais ça ne me

dérange pas.

   La ponette relève

brusquement la tête. Elle

surveille mes moindres

gestes. Je n'ose plus

bouger. Hum… Ce sera

plus difficile que je l'avais

imaginé. Je vais devoir
l'apprivoiser.

Je retourne chez moi
pour prendre une carotte
dans le réfrigérateur. Je
sais que c'est une collation
que les chevaux apprécient
beaucoup. Lorsque je
reviens, la ponette a
recommencé à brouter. Je
m'approche à petits pas.

Les oreilles dressées, elle

m'observe en humant le
parfum sucré de la carotte.
Elle avance lentement vers
moi. Puis, tout à coup,
elle s'arrête.

Elle étire une jambe vers

l'avant et s'incline comme
pour me saluer. Je souris
et j'esquisse une révérence,
moi aussi. La ponette en
profite pour saisir la carotte
et s'enfuir, la crinière au

vent. Hé! Je n'ai même pas eu le temps de la caresser. Je la vois bondir par-dessus un fossé et trotter sur la route, comme une ponette en vacances. Qu'est-ce que je dois faire? M'élancer à sa poursuite?

J'ai peur de l'effrayer et de me faire gronder par mes parents. Je contourne la maison pour voir où elle est passée, mais elle a disparu. Je n'ai pourtant pas rêvé !

Chapitre 6

Des naseaux de velours

Ma mère fait cuire les dernières crêpes aux pommes de notre petit déjeuner lorsque mon père s'exclame :

– C'est étrange ! Ça fait

deux fois que la voiture de Laura passe très lentement dans le rang. Sa jument s'est sûrement enfuie.

Il referme son journal 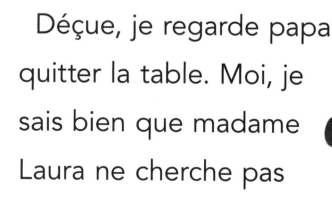 et ajoute :

– Je vais l'aider à la retrouver.

Déçue, je regarde papa quitter la table. Moi, je sais bien que madame Laura ne cherche pas

sa jument. Je crois qu'elle
cherche plutôt une jolie
ponette. Mais j'y pense,
si mon amie s'est sauvée,

c'est probablement parce
qu'elle ne veut pas vivre
chez madame Laura !
Je repousse ma chaise
et je sors par la porte
de derrière.

Dans la cour, j'aperçois
la ponette derrière

le bosquet de lilas. Je

m'approche à pas de loup.

Oups! Je réalise que ce

n'est pas une bonne idée.

Je pourrais l'effrayer. Il vaut

mieux qu'elle sache que

je suis là. Je lui dis:

– C'est moi. Lanie.

La ponette ne bouge pas. Elle me regarde. J'ai l'impression que ses yeux me sourient. J'avance ma main et j'effleure ses naseaux de velours.

C'est trop doux! Elle se penche amicalement vers moi. Je l'attrape par le cou pour lui faire un gros câlin. Émerveillée, je lui chuchote à l'oreille :

—J'avais si hâte que tu arrives!

Elle me pousse légèrement avec sa grosse tête. Je crois que ça signifie qu'elle avait hâte elle aussi!

—Tu sais, madame Laura te cherche partout. Si nous voulons rester ensemble, il faut trouver une bonne cachette. Mon père ne voudra pas que tu habites dans sa remise, mais je connais un bel endroit près d'un ruisseau. Il y a un pont, de grands arbres et de l'herbe bien verte. Je crois que ça te plaira.

Mon amie hoche la tête de haut en bas comme pour me dire oui.

—Tu comprends ce que je dis?

Elle hoche encore une fois la tête de haut en bas.

—Super! Suis-moi, alors.

Juste avant de partir, la ponette laisse tomber un gros tas bien moelleux sur notre pelouse. Hum… Ce n'est vraiment pas discret… Je sursaute en entendant la voix de mon père. J'étire le cou et je le vois en train de discuter

avec madame Laura devant
notre maison.

Ça, c'est embêtant.

Chapitre 7

Dans la forêt

Je sais très bien comment aller jusqu'au pont. Mon père m'y a amenée pêcher deux fois. Mais pour nous y rendre sans nous faire remarquer, nous devrons traverser le champ de monsieur Gustave. Le problème, c'est qu'il y a une clôture et que ses vingt-six vaches nous regardent. Je me faufile de l'autre côté en espérant qu'elles ne vont pas se mettre à meugler. Je fais signe à mon amie de sauter par-dessus la clôture pour venir me rejoindre, mais elle est aussi têtue

qu'un âne. Je retourne

auprès d'elle.

—Bon, il n'y a plus qu'une

solution. Nous devrons

passer par le bois.

Je ne lui dis pas que ça

me fait peur de marcher

toute seule dans la forêt

sombre. Elle pourrait

décider de ne pas me

suivre. Nous longeons

donc le champ de

monsieur Gustave et nous rentrons dans le bois. Fiou! il y a un sentier, et les rayons du soleil traversent le feuillage des grands arbres. Nous marchons

d'un bon pas. Tout à coup,
ma ponette hennit et
refuse de continuer. Elle a
peut-être senti une bête
sauvage? Un raton-laveur?
Un renard? Ou… un ours!

Le cœur battant,
je murmure :

– Qu'est-ce que tu as ?

Soudain, j'aperçois
quelque chose qui s'agite
dans un buisson. Je
m'approche et je constate
que ce n'est qu'un sac
de plastique. Rassurée,
je m'exclame :

– Tu as peur de ce sac ?

La ponette me fait signe

que oui en hochant la tête.

Dans un reportage,
on expliquait que lorsque
les baleines voient un sac
à la surface de l'eau,

elles croient que c'est
une collation et elles
n'hésitent pas à l'avaler.
Elles s'étouffent et souvent,
elles meurent. Peut-être
que ma ponette pense que
ce sac est une dangereuse
plante carnivore?

—Tu as raison. Je vais
le ramasser.

Mon amie m'observe
avec curiosité. Comme

une grande magicienne,
je fais disparaître le sac
dans ma poche. Rassurée,
la ponette me suit
docilement sur le sentier.

Chapitre 8

Une vraie ballerine

Nous voici enfin arrivées
à notre cachette! Je
m'assois sur le pont pour
regarder ma jolie ponette
se désaltérer dans le
ruisseau. Ensuite, elle

se régale dans la petite clairière juste à côté. Ça me fait penser que j'ai oublié de prendre une collation. Tout à coup, mon amie hennit pour attirer mon attention. Elle secoue sa longue crinière et…

Ça alors !

Je n'en crois pas mes
yeux. Elle se met à danser!
Elle exécute des pas de
côté, comme une ballerine
à quatre pattes. Puis,
elle fait toutes sortes de

cabrioles. Ma ponette est vraiment formidable !

J'aimerais bien grimper sur son dos. Comme dans mes rêves. Seulement voilà, nous entendons une voix qui crie, au loin. La ponette dresse les oreilles et hennit joyeusement.

Je la gronde :

—Chut ! Ils vont t'entendre et nous ne pourrons plus

être ensemble.

Mais elle traverse le pont pour suivre la voix.

– Non ! Arrête ! Tu ne comprends pas. Nous devons rester cachées.

Elle ne m'écoute pas.

Cette ponette a une vraie

tête de mule!

Je la vois s'en aller sans

me regarder.

Comme une amie

qui m'oublie.

Chapitre 9

Une vedette de cirque

Je ne m'attendais pas à voir revenir ma ponette en compagnie de mon père et de madame Laura. Mon père s'est assis sur le pont, à côté de moi.

J'avais peur qu'il soit fâché. Il m'a expliqué qu'avoir un cheval, c'est une énorme responsabilité. Ensuite, madame Laura m'a raconté que cette ponette est très spéciale. C'est une vedette à la retraite. Elle a travaillé dans un cirque et elle a participé à de nombreux spectacles. Je comprends maintenant pourquoi elle

sait faire la révérence
et connaît tous ces pas
compliqués !

Madame Laura a ajouté :

– Elle adore se faire
brosser pendant des
heures. Si tu veux, tu
pourrais m'aider à la

dorloter. Je crois que ça
lui ferait plaisir. Elle semble
beaucoup t'apprécier.

Mon père m'a souri :

– Qu'est-ce que tu en
penses, Lanie ?

J'étais si contente que
je n'arrivais pas à répondre.
La ponette l'a fait pour
moi. Elle a henni de joie.
Madame Laura lui a alors dit:

—Rentrons à la maison,
ma belle.

Je lui ai demandé :

—Est-ce que c'est comme cela qu'elle s'appelle ? Ma belle ?

—Non, a-t-elle répondu, son nom d'artiste, c'est Mika.

Mon père m'a soulevée et il m'a déposée sur le dos de cette ponette que j'attendais depuis longtemps.

Mika, mon amour de poney.

Chapitre 10

C'est Vrai !

Je rends souvent visite
à Mika.

Je la brosse. Je tresse
sa crinière avec des
rubans. Je lui parle et
elle me répond.

Lorsqu'elle s'ennuie,

elle vient me chercher
à la maison.

Comme le ferait une
amie. C'est encore plus
merveilleux que dans
mes rêves.

C'est vrai !

Nancy Montour

Comme Lanie, Nancy Montour avait un rêve : écrire de belles histoires pour les enfants. Ce rêve se réalise avec *Entre la lune et le soleil,* gagnant du prix Henriette-Major, décerné à un nouvel auteur de littérature jeunesse par les éditions Dominique et compagnie.

Avec ce premier roman, Nancy Montour a aussi remporté le prix Cécile-Gagnon 2003.

L'auteure écrit désormais des albums et des romans qui font rêver petits et grands. Elle a notamment publié la série *Lorina, L'arbre à chats, Journal d'un petit héros* ou *La grande chasse au trésor de Millie et Alexis.*

Visite notre site Internet pour en savoir plus sur nos auteurs, nos illustrateurs et nos collections : **dominiqueetcompagnie.com**

Les mots mystères de Mika

O	C	I	R	Q	U	E	S	B
Y	U	M	I	K	A	C	D	A
S	M	I	K	A	S	U	A	L
U	A	K	O	I	K	R	U	L
R	U	A	R	R	V	I	P	E
P	O	N	E	T	T	E	H	R
R	S	O	V	N	O	O	I	I
I	H	O	E	O	Z	B	N	N
S	D	C	A	R	O	T	T	E
E	O	L	V	R	X	E	U	C

Mots à trouver :

ponette – écurie – cirque – surprise – dauphin carotte – ballerine – rêve

Quand tu auras encerclé tous les mots, trouve le prénom mystère qui apparaît 3 fois dans la grille.

Les devinettes de Lanie

1. Lequel de ces noms d'oiseau n'est pas donné à Lanie par papa ?
★ Mon canari jaune
★ Mon poussin
★ Mon joyeux petit serin

2. Combien de poules possède madame Simone ?
★ Quatre
★ Vingt-six
★ Soixante-sept

3. Avec quoi Lanie s'entraîne-t-elle à faire des tresses ?
★ Des brins de laine
★ Des rubans
★ Des bouts de corde

4. Qu'y a-t-il dans le camion de livraison ?
★ Des bottes de foin
★ Un gros tracteur
★ Une petite tondeuse à gazon

5. Quelle collation offre Lanie à sa ponette ?
★ Une pomme
★ Une carotte
★ Un croûton de pain

6. À quoi sont les crêpes de maman ?
★ Au jambon
★ Aux pommes
★ Au sirop d'érable

7. De quoi la ponette a-t-elle peur dans la forêt ?
★ D'une bête sauvage
★ D'un sac de plastique
★ Du bruit du vent

8. Que fait la ponette une fois qu'elle a brouté l'herbe de la clairière ?
★ Elle boit de l'eau
★ Elle se sauve
★ Elle se met à danser

9. Où travaillait la ponette autrefois ?
★ Dans un zoo
★ Dans un cirque
★ Dans un centre équestre

10. Que fait Mika lorsqu'elle s'ennuie ?
★ Elle dort
★ Elle boude
★ Elle vient chercher Lanie à la maison

Les crêpes aux pommes de la maman de Lanie

Tu peux demander l'aide d'un adulte pour t'aider à préparer cette recette (surtout pour râper les pommes et les faire cuire!)

Les ingrédients :

1 ½ tasse de farine
⅓ tasse de flocons d'avoine
½ cuillère à thé de sel
1 cuillère à soupe de poudre à pâte
1 cuillère à soupe de poudre de sucre
½ cuillère à thé de cannelle
1 tasse de pommes râpées grossièrement, sans la pelure
1 œuf battu
1 ½ tasse de lait
3 cuillères à soupe d'huile

Comment faire :

Dans un grand bol, je mélange la farine,
les flocons d'avoine, le sel, la poudre à pâte,
le sucre, la cannelle et les pommes râpées.

 Dans un autre bol, je bats l'œuf avec
le lait et l'huile.

J'ajoute cette préparation au premier mélange
et je remue avec une cuillère en bois, puis un
fouet, pour obtenir un mélange homogène.

Je fais chauffer la poêle et je mets un peu de
beurre à chauffer dedans. Puis, je verse un peu
de pâte dans la poêle et je fais cuire jusqu'à ce
que de petites bulles se forment à la surface.
Je retourne la crêpe et je poursuis la cuisson
jusqu'à ce que le dessous soit doré.

Astuce : Tu peux déposer trois ou quatre petites
cuillères de pâte dans la poêle afin de préparer
de toutes petites crêpes !

Voilà ! Tu te régaleras autant que Lanie !

Fiches pédagogiques des romans rouges

dominiqueetcompagnie.com/pedagogie
– des guides d'exploitation pédagogique pour l'enseignant(e)
– des fiches d'activités pour les élèves

Catalogage avant publication de Bibliothèque et Archives nationales du Québec et Bibliothèque et Archives Canada

Montour, Nancy
Un amour de poney
(Série Mika)
(Roman rouge ; 69)
Pour enfants de 6 ans et plus.
ISBN 978-2-89686-255-9

I. Arbona, Marion, 1982- . II. Titre.
III. Collection : Roman rouge ; 69.

PS8576.O528A46 2012 jC843'.6 C2012-941254-6
PS9576.O528A46 2012

© Les éditions Héritage inc. 2012
Tous droits réservés
Dépôts légaux : 3ᵉ trimestre 2012
Bibliothèque et Archives nationales
du Québec
Bibliothèque nationale du Canada
Bibliothèque nationale de France

ISBN 978-2-89686-255-9
Imprimé au Canada

10 9 8 7 6 5 4 3 2 1

Direction de la collection
et direction artistique :
Agnès Huguet
Mise en pages : Primeau Barey
Révision et correction :
Danielle Patenaude

Dominique et compagnie
300, rue Arran
Saint-Lambert (Québec)
J4R 1K5 Canada
Téléphone : 514 875-0327
Télécopieur : 450 672-5448
Courriel :
dominiqueetcie@editionsheritage.com
Site Internet :
dominiqueetcompagnie.com

Nous reconnaissons l'aide financière
du gouvernement du Canada par
l'entremise du Fonds du livre du Canada
et par le Conseil des Arts du Canada.

Nous reconnaissons l'aide financière
du gouvernement du Québec par
l'entremise du Programme de crédit
d'impôt – SODEC – Programme d'aide
à l'édition de livres.

Achevé d'imprimer en juillet 2012
sur les presses de
Imprimerie Payette & Simms inc.
à Saint-Lambert (Québec)